LA SORCIÈRE DES MARAIS

Karine Guiton

LA SORCIÈRE DES MARAIS

Illustrations : Grégory Elbaz

*À ma famille et mes amis vendéens,
toulousains, parisiens et d'ailleurs.*

CHAPITRE 1

— Tex, où es-tu ?

Pas de réponse. Bizarre. Tex répond toujours quand je l'appelle. Un bref miaulement qui veut dire : « Qu'est-ce que tu veux, Zoé ? » Enfin, je crois. Je ne parle pas vraiment le chat. Je le devine seulement.

J'ai couru dans la salle de bains. Maman se lavait les dents.

— Tu n'as pas vu Tex ?

Ma mère a émis un long « scrscructschhh » en me regardant d'un air désolé. Ce qui signifiait probablement « non » en langage dentifrice. Je me suis arrêtée devant les toilettes.

— Papa, Tex est avec toi ?

Un grognement négatif a traversé la porte. Inutile d'attendre qu'il en sorte pour avoir plus de précisions : mon père peut rester deux heures dans cette pièce minuscule. Il lit tout ce qu'il attrape : des magazines, des journaux, des prospectus, des catalogues et même des modes d'emploi !

Quand je suis revenue dans ma chambre, j'ai remarqué la fenêtre : elle était entrouverte. J'avais eu si chaud hier soir que j'avais oublié de la fermer pour la nuit. Maman est apparue sur le pas de la porte, les cheveux en pétard.

— J'ai l'impression que Tex est parti se balader sans toi, Zoé. Allez, dépêche-toi, tu vas être en retard à l'école !

De plus en plus bizarre. Tex ne met jamais les pattes dehors la nuit. Trop trouillard. D'habitude, il se lève avec moi le matin et m'attend pour sortir dans le jardin.

À l'école, j'en ai parlé à Margot, ma meilleure copine. Elle m'a dit avec un drôle de sourire :

— T'inquiète pas. Ton chat est parti voir les filles, c'est tout. Il va revenir ce soir.

Chapitre 1

– Les filles ? Pour quoi faire ?
– Oh Zoé ! C'est la saison des amours, quoi !

Je suis devenue aussi rouge que mon T-shirt. Tex amoureux ? Impossible ! Il avait juste un an ! Mais Margot, qui est très forte en biologie, m'a expliqué que les chats étaient de jeunes adultes à cet âge-là et qu'ils pouvaient déjà se reproduire. Franchement dégoûtant !

Je n'ai rien écouté de la leçon de français de madame Vilazy, la maîtresse. J'imaginais Tex avec une minette. J'espérais qu'elle était jolie, au moins. Et qu'elle n'allait pas lui briser le cœur…

– Zoé, peux-tu me donner la définition du pronom personnel ?

J'ai brusquement atterri en classe et me suis retrouvée nez à nez avec madame Vilazy qui me fixait, les sourcils froncés. J'ai sorti la première chose qui me passait par la tête :

– Euh, un truc qui colle au verbe ?

La maîtresse a ouvert des yeux de chouette indignée.

– Faux ! Tu me copieras vingt fois la définition du pronom personnel pour demain que tu feras signer par tes parents.

Pfff ! Une dispute en perspective. Maman et papa allaient encore me répéter que si je ne réussissais pas à l'école, je ne pourrais pas choisir mon métier plus tard. De toute façon, pour l'instant, je ne sais même pas ce que je veux faire. J'hésite encore entre astronaute, vétérinaire ou pilote de formule 1.

Après la classe, je ne suis pas allée à la boulangerie avec Margot. D'habitude, on s'arrête y goûter avant de rentrer. Margot adore les pains au chocolat et moi les donuts à la framboise. On joue aux dés, aux cartes ou aux dominos en observant les clients. Le gros monsieur avec son caniche, les vieilles sœurs jumelles qui se disputent en lisant le journal, le couple de personnes âgées qui sirotent leur thé sans un mot. Cette fois-ci, je n'avais pas faim. J'ai filé à la maison. Margot m'a crié :

– Téléphone-moi quand tu arrives !

Nos parents nous ont promis un portable l'année prochaine, pour la sixième. En attendant, c'est l'enfer : on vit encore au siècle dernier !

Chapitre 1

Quand je suis arrivée chez nous, j'ai foncé derrière la maison. Et si mon chat se cachait dans la cabane que papa m'a construite ? C'est mon endroit à moi. Et à Tex, bien sûr. J'aime y lire pendant qu'il ronronne sur mes genoux. J'ai frappé avant d'entrer, par précaution : Tex bavardait peut-être avec sa copine ? Mais la cabane était vide.

J'ai fait le tour du jardin, cherché sous les buissons, derrière les tulipes et même dans l'arrosoir : Tex adorait s'y cacher lorsqu'il était petit. Je gagne toujours à nos parties de cache-cache : Tex est roux de la tête aux pattes, je le repère à des kilomètres ! Cette fois-ci, j'ai perdu : pas la moindre trace de petit bout de queue couleur carotte.

À la maison, j'ai fouillé toutes les pièces. Regardé sous les fauteuils et les lits, dans les armoires, le panier à linge sale et même dans le four. Personne. J'ai fait une pause pour grignoter une tranche de brioche dégoulinante de confiture à la framboise, mon fruit préféré. Je n'en ai mangé que la moitié. Je n'avais pas du tout faim. Je me suis effondrée sur le canapé avec la peluche de Tex : Lilo, un petit lapin aux oreilles rongées. J'avais une drôle de sensation dans le ventre.

Puis maman est rentrée, elle m'a vu prostrée devant la télévision et elle a dit :

— Allez, viens Zoé, on va chercher Tex.

On est parties toutes les deux dans les rues en criant son nom. On a sonné chez nos voisins, demandé à des passants. Quand on est revenues bredouilles une heure plus tard, papa préparait un gratin dauphinois. Il m'a caressé les cheveux avec son gant de cuisine dégoûtant en soupirant.

— T'en fais pas, ma Zozo, Tex va revenir. Ce n'est pas une jolie fille qui va lui faire oublier sa maîtresse préférée… Demain, s'il n'est pas là, nous irons voir la SPA.

J'étais tellement inquiète que mes parents ne m'ont même pas grondée pour la punition. Pour une fois, j'aurais préféré qu'ils le fassent. Ça aurait voulu dire que tout était normal et que Tex était là, avec moi.

CHAPITRE 2

Tex n'est pas revenu. Ni le lendemain. Ni le surlendemain. Personne ne l'a vu. Ni nos voisins, ni nos amis, ni la SPA. On a mis des affiches partout avec notre numéro de téléphone. Le monsieur de la SPA m'a dit que quand un chat disparaissait, il y avait trois éventualités :

1. Suite à un déménagement, il était parti à la recherche de son ancienne maison.

2. Il avait fugué chez quelqu'un d'autre qui s'en occupait mieux que nous.

3. Il était décédé.

J'ai réfléchi aux trois possibilités toute la nuit :

1. Impossible. Tex avait toujours vécu ici.

Madame Deltour, notre voisine, nous l'avait donné lorsqu'il avait trois mois.

2. Tex possédait tout à la maison : un toit, de la nourriture et surtout de l'amour. Pourquoi se serait-il enfui ailleurs ?

3. Tex n'était pas mort. Ça, je ne voulais même pas y penser. De toute façon, on aurait bien retrouvé son corps, non ?

J'en ai conclu qu'il y avait forcément un quatrième scénario. Mais lequel ? Avait-il été enlevé par quelqu'un ? Ou pire : dévoré par un chien ? Margot pensait qu'il avait suivi une chatte si loin qu'il s'était perdu et ne savait plus retrouver son chemin.

Quinze jours plus tard, un soir, papa a dit en me servant les lasagnes à la bolognaise, mon plat préféré :

– Ma Zozo, il faut que tu te résignes.

Maman a surenchéri, le nez dans sa salade :

– Tex ne reviendra sans doute jamais.

J'ai repoussé mon assiette brutalement. Et je me suis levée de table en criant :

– Vous racontez n'importe quoi ! Moi, je n'abandonnerai jamais ! Et je trouverai mon chat !

Chapitre 2

J'ai couru dans ma chambre pour me jeter sur mon lit. Quelle bande de lâches ! Je les détestais ! Et ils avaient même réussi à me couper l'appétit !

J'ai continué à chercher Tex dans les rues, les jardins, le terrain de sport, la supérette, le coiffeur, le boucher et même dans l'église. J'ai ratissé la moindre parcelle de notre village. Chaque fois que j'apercevais la silhouette d'un félin, mon cœur battait très fort. Mais chaque fois, j'étais déçue. Le soir, j'avais du mal à dormir. Tex me manquait tant… Ses grands yeux verts, son odeur, ses poils roux si doux, ses câlins. Lorsqu'il se blottissait contre moi, il ronronnait comme un vieux camion et me léchait la joue. Mais là, sa place était vide. Et froide. Où était-il ? Est-ce qu'il avait faim ? Est-ce qu'il pensait à moi ?

Un midi, à la cantine, Margot a dit d'un ton anodin :

– Tu devrais peut-être aller voir Mirabella.

J'ai failli m'étouffer avec mes épinards. Je l'ai regardée comme si elle avait prononcé le plus gros mot de la terre.

– Cette vieille excentrique ? Jamais de la vie ! Et d'ailleurs, pourquoi je devrais aller la voir ?

– Parce qu'elle est un peu sorcière. Enfin, c'est ce qu'on dit. Peut-être qu'elle pourra t'aider à retrouver ton chat.

– N'importe quoi ! Les sorcières, ça n'existe pas, tu le sais bien, Margot. C'est juste une femme un peu bizarre, c'est tout.

Margot s'est penchée vers moi et a murmuré :

– Peut-être. Mais ça vaut le coup d'essayer, non ?

J'ai haussé les épaules sans un mot. On a fini notre repas et filé en classe. Leçon sur les déterminants. La barbe ! Madame Vilazy adore les déterminants et moi, je les déteste. Plus encore que les pronoms personnels.

À seize heures, Margot m'a demandé :

– Zoé, on va à la boulangerie ?

– Pas envie.

Elle a soupiré.

– Mais ça fait quinze jours que tu n'es pas venue !

– Ça fait quinze jours que Tex a disparu. Et ça fait quinze jours que je n'ai pas très faim.

Chapitre 2

Margot a dégainé son arme suprême : elle m'a regardée avec ses yeux de bébé koala.

– Allez, pour une fois, Zoé... Et puis, ça te changera les idées.

Je n'avais pas envie de me changer les idées. Mais elle a tellement insisté que j'ai fini par accepter. Impossible de résister à ses yeux larmoyants...

À la boulangerie, j'ai acheté un beignet à la framboise. Il avait l'air succulent avec sa peau dorée parsemée de farine. Mais j'ai à peine mordu dedans. Margot s'est dévouée. Avec son appétit de koala affamé, elle l'a avalé en trois bouchées. Elle était en train de me battre aux dominos quand quelqu'un est entré.

Mirabella. La soi-disant sorcière.

Ma copine a tourné la tête vers elle. Tous les clients ont cessé de parler. Les vieilles jumelles ont fait une pause dans leur dispute. C'est toujours l'effet que fait Mirabella quand elle passe quelque part. Même les mouches s'arrêtent de voler. Il faut dire qu'elle a un sacré look.

Mirabella est petite, à peine plus grande que moi. Elle a d'interminables cheveux poivre et sel qui s'éparpillent sur le sol comme une couverture. Ils pendent dans la poussière comme une traîne de mariée. J'espère qu'elle les lave tous les jours parce qu'ils doivent ramasser tout ce qu'il y a par terre : la saleté, la boue, les mégots et les crottes de chien, berk ! Elle a une frange si longue qu'elle descend jusqu'à son nez. C'est bien simple, lorsqu'on regarde Mirabella, on ne voit que sa bouche. Personne n'a jamais vu ses yeux. Certains disent qu'elle n'en a pas. D'autres assurent qu'ils sont blancs comme ceux des zombies. Ou noirs et profonds comme ceux de la gorgone et qu'ils vous transforment en statue dès qu'ils vous regardent.

Dans le silence total, Mirabella a ouvert la bouche et grommelé d'une voix basse :

– Une baguette, cinq croissants, deux Paris-Brest, quatre millefeuilles et dix chouquettes.

Le boulanger est devenu vert. À mon avis, il avait peur qu'elle fasse fuir sa clientèle. Il a emballé la marchandise à une vitesse supra sonique. Le

Chapitre 2

caniche du gros monsieur qui était assis derrière notre table a poussé un couinement. Mirabella a pivoté la tête vers nous. Je ne voyais rien à travers sa frange mais j'ai eu une drôle de sensation : comme si quelque chose me brûlait le visage. J'ai senti mes joues rougir.

Le boulanger lui a tendu un gros sac plein de victuailles. Mirabella s'est retournée vers lui, lui a donné un billet et est sortie dans la rue d'un pas digne, ses longs cheveux ondulant derrière elle comme des serpents fatigués.

Dès qu'elle a disparu, la vie a repris dans la boulangerie. Les clients ont chuchoté tous en même temps, le gros monsieur a caressé son caniche, les jumelles ont repris leur dispute et les mouches ont à nouveau volé. Margot s'est exclamée :

– Tu as vu comme elle t'a fixée ? Elle sait que tu as besoin d'elle. Bon, c'est vrai. Elle fait quand même un peu peur. Mais je suis sûre qu'elle pourrait t'aider.

J'ai haussé les épaules.

— Comment tu peux savoir qu'elle me regardait ? On ne voit même pas ses yeux ! Oh et puis arrête avec ça, je n'irai pas voir cette vieille bique, fin de la conversation !

Margot a levé les yeux en l'air en soupirant. On a repris notre partie de dominos. Et bien sûr, elle a encore gagné.

Au dîner, papa a proposé de donner la nourriture de mon chat à notre voisine, Madame Deltour, qui est la propriétaire de la mère de Tex. Une minette rousse de la tête aux pattes elle aussi, qui a déjà eu des dizaines de chatons. Il avait sa voix un peu hésitante de « je sais que c'est un sujet délicat mais j'essaye quand même d'en parler ». Cette fois, je ne me suis pas énervée. J'ai fini de manger mon abricot et j'ai répondu d'un ton froid :

— Pas question. Que dirait Tex s'il revenait et ne trouvait plus ses croquettes au saumon parfumées à l'aneth ?

Papa a changé de sujet. Et mes parents, ces sans-cœur, ont tranquillement discuté des prochaines élections.

Chapitre 2

Dans mon lit, j'ai pleuré. Tex me manquait tellement. Je me suis endormie serrée contre Lilo, sa peluche. Elle sentait vraiment mauvais. Mais elle était presque aussi douce que le pelage de mon chat.

CHAPITRE 3

Je suis allée voir Mirabella. J'ai longtemps hésité. Quinze jours exactement. Quinze jours supplémentaires sans Tex. Maman a fini par ranger toutes ses affaires dans le garage : son coussin, sa litière, et ses jouets. Sauf sa peluche, bien sûr. Interdiction de la toucher ou de la laver.

Mirabella habite dans les marais, au bout du village, après la dernière rue en goudron. Il paraît que certaines personnes vont la voir lorsqu'ils ont des soucis de santé inguérissables : des verrues impossibles à enlever, des brûlures, des plaques d'eczéma, des articulations qui craquent…

J'ai choisi un jour tranquille : un mercredi après-midi. Mes parents étaient au travail. Margot en ville avec sa mère. D'habitude, j'ai dessin mais cet après-midi-là, le cours avait été annulé. J'ai sauté sur mon vélo et j'ai filé dans la rue des Iris qui menait aux marais. Heureusement, je n'ai croisé personne. Pas même Narcisse, le vieux marin qui connaît des tas d'histoires sur le village et sur le monde entier.

Au bout de la rue, les maisons ont brusquement disparu. Elles ont laissé place à une vaste étendue de prairies traversées de canaux remplis d'une eau boueuse. Quelques rares arbres se balançaient dans la brise. La dernière fois que j'avais mis les pieds ici, j'avais huit ans. Mes parents avaient prévu une grande balade en vélo avec pique-nique. Journée totalement ratée : on avait tourné en rond pendant des heures dans le labyrinthe des chemins en terre (papa avait pris la mauvaise carte) et une pluie diluvienne nous avait copieusement arrosés (maman avait oublié de regarder la météo). Après avoir dévoré nos œufs durs et nos tomates sous un arbre au milieu des grenouilles, on avait fini par retrouver notre route à la nuit tombée. Et comme j'avais passé la journée trempée, j'avais été enrhumée toute la semaine ! Je

Chapitre 3

m'étais jurée de ne plus jamais y remettre le moindre orteil !

J'ai arrêté de pédaler et inspiré une grande bouffée d'air. Ça sentait la vase et l'herbe coupée. Un petit canard noir au bec rouge a traversé devant moi (j'ai appris plus tard que c'était une poule d'eau) en m'ignorant. L'endroit était désertique et infini. Et si je me perdais ? Et si je tombais dans un canal ? J'ai pensé à Tex et je me suis lancée.

J'ai roulé sur le chemin qui se perdait dans l'horizon. Dix minutes plus tard, j'en ai croisé un autre. Après un instant d'hésitation, j'ai pris à gauche. Comment trouver la maison de Mirabella ? Il n'y avait aucune pancarte, aucune indication. Pourtant, je n'ai pas eu besoin de chercher longtemps. J'étais en train de cueillir une longue plante aux fleurs roses sur le rebord d'un canal quand j'ai entendu une voix basse et profonde qui jaillissait derrière un bosquet de roseaux.

– Laisse cette salicaire. J'en ai besoin pour soigner les ulcères.

J'ai failli avoir une crise cardiaque. Je me suis relevée à toute vitesse et avancé jusqu'aux roseaux. Mirabella était assise sur l'herbe, ses longs cheveux poivre et sel étendus autour d'elle, une petite canne à pêche dans les mains. J'ai balbutié :

— Euh, oui, bien sûr. Excusez-moi madame.

Sans réfléchir, j'ai enfourché mon vélo et roulé le plus vite possible. Puis je me suis arrêtée. Je ne pouvais pas laisser tomber. Tex était peut-être là, quelque part. Et cette vieille excentrique saurait peut-être le retrouver. Je suis repartie en sens inverse. Mirabella n'avait pas bougé. Elle continuait à pêcher ses grenouilles, imperturbable.

Je me suis approchée sans bruit. Elle m'a dit sans tourner la tête :

— Tu as perdu ton chat.

J'ai été surprise, évidemment. Mais rien de sorcier là-dedans. J'avais mis des affiches partout. Tout le monde était au courant dans le village. J'ai murmuré :

— Oui, madame. Il s'appelle Tex. Vous ne l'avez pas vu traîner dans le marais ?

Chapitre 3

– Non.

– Et, euh, vous pourriez m'aider à le retrouver ?

Elle n'a pas répondu. Un oiseau au long cou s'est envolé du canal voisin. Puis elle m'a demandé :

– Tu en a vraiment envie ?

– Oui, vraiment. Il me manque tellement ! Depuis qu'il est parti, je dors très mal. Je n'ai plus d'appétit, même les beignets aux framboises ne me font pas envie. Et puis, je n'écoute plus vraiment en classe, j'ai des mauvaises notes et madame Vilazy, ma maîtresse, elle…

– Je vais réfléchir. Reviens mercredi prochain. Seule.

Je déteste quand les gens me coupent la parole. C'est malpoli. En plus, Mirabella ne m'a pas regardée une seule fois pendant notre conversation. C'est doublement malpoli. Mais je n'ai rien osé dire. Je suis repartie sur mon vélo.

Le lendemain, à l'école, j'ai tout raconté à Margot qui a ouvert des yeux de koala indigné.

– Quoi ? Tu es allée la voir sans m'en parler ? Alors là, je suis un peu vexée… Bon, comment ça s'est passé ? Tu n'as pas eu peur ? Tu as vu sa maison ? Qu'est-ce qu'elle t'a dit ?

J'ai répondu à toutes ses questions (en fait, je n'avais pas le choix), et quand j'ai eu terminé, elle s'est écriée :

– La prochaine fois, je viens avec toi !

J'ai répondu d'un air gêné :

– Non, pas possible, Margot. Elle a bien précisé « seule ».

Margot a fait sa moue de koala boudeur. Mais pas question de céder. Et si Mirabella refusait de m'aider parce que je n'avais pas respecté sa consigne ?

Toute la semaine, j'ai pensé au mercredi suivant. J'avais hâte et un peu peur aussi. Personne ne connaissait vraiment Mirabella. Des tas de rumeurs plus ou moins incroyables couraient à son sujet. Une seule personne pouvait réellement me renseigner : le vieux Narcisse, la mémoire vivante du village.

Il était tellement heureux d'avoir de la visite qu'il m'a offert un goûter : un sirop de menthe dans une vieille bouteille sans étiquette et un gâteau sec qu'il a sorti d'une boîte en fer rouillée. Quand je l'ai suivi

Chapitre 3

dans le salon, j'ai eu un choc : il y avait des maquettes de bateaux partout ! Sur le carrelage, sur les meubles, sur les murs et même suspendus au plafond ! Il s'est faufilé jusqu'à un vieux fauteuil vert pomme au tissu élimé et m'a désigné un minuscule tabouret. Très inconfortable.

– Alors, petite, tout va bien chez toi ? Ton père a planté ses tomates ?

– Oui, il a six plants.

Je ne voyais pas trop quoi rajouter (le jardinage, c'est vraiment pas mon truc) et je n'avais pas beaucoup de temps. Alors j'ai décidé d'attaquer dans le vif du sujet :

– Et... euh, vous connaissez Mirabella ?

Il a eu un drôle de regard. Puis il a poussé un grand soupir et s'est lancé dans un discours passionné. Je l'ai écouté en essayant de ne pas penser aux dates probablement périmées de ce que j'étais en train d'avaler.

– Ah Mirabella ! Je l'ai connue à l'école primaire, il y a soixante-dix ans. Elle avait des cheveux interminables et était très jolie. Elle vivait seule avec son père ébéniste, un homme grand et costaud, presque un géant. Dans le village, on disait que sa mère était une sirène des marais qui n'apparaissait qu'aux soirs de pleine lune. Elle aurait séduit l'ébéniste et lui aurait laissé l'enfant, un matin, sur la berge d'un canal. Ni lui, ni Mirabella ne l'auraient jamais revue.

Narcisse s'est arrêté de parler, les yeux dans le vague. Il a gratouillé l'accoudoir gauche de son fauteuil d'un air songeur. J'ai croqué un bout du biscuit sec. Il était si dur que j'ai failli perdre une canine. J'ai toussoté :

– Hum, hum ! Et vous connaissiez bien Mirabella ?

Ses yeux sont revenus dans le salon. Il a souri.

– Personne ne connaît vraiment Mirabella… À l'école, c'était une très mauvaise élève. Pendant la classe, elle regardait les oiseaux voler dans le ciel. Les autres se moquaient d'elle. À chaque pause, elle sortait un gâteau de son cartable et le dévorait comme une louve. Un jour, je lui ai amené une part de tarte aux pommes cuisinée par ma mère. Elle l'a avalée

Chapitre 3

sans me remercier. À partir de ce moment-là, elle a passé ses récréations avec moi, assise sur un banc. Je lui parlais de ma vie, du village puis j'ai inventé des histoires de pays lointains ou imaginaires. Elle restait silencieuse. C'est sur ce banc qu'est née ma passion des voyages...

Il est retombé en mode hibou hypnotisé, perdu dans son monde. Seul le tic-tac de l'horloge dorée posée sur la cheminée résonnait. Après trois minutes de silence complet, j'ai demandé :

— Vous êtes devenus amis ?

Narcisse a sursauté. Il m'a regardée d'un air désolé.

— Nous aurions pu, peut-être. Mais nous n'avons pas eu le temps. Un jour, elle n'est pas venue en classe. Et on ne l'a plus revue. À l'époque, l'école n'était pas obligatoire jusqu'à seize ans, comme aujourd'hui. Personne ne s'en est soucié. Sauf moi. Elle me manquait. J'ai flâné dans les marais pour essayer de la revoir. Je n'ai jamais osé frapper à sa porte. Son père me faisait peur. Plus tard, je suis allé sur la côte chez mon oncle pêcheur. Je suis devenu mousse puis marin et je suis parti loin d'ici... Et maintenant, je suis trop vieux. À quoi bon ? D'ailleurs, elle ne se souvient probablement plus de moi et...

L'horloge l'a interrompu. Elle a sonné trois fois et a terminé par une petite musique entêtante qui a bien duré une minute. Il l'a écoutée d'un air béat puis s'est écrié :

– Déjà quinze heures ! Je vais rater ma sieste ! Tu veux un autre gâteau avant de partir ?

C'était le moment ou jamais. Après un instant d'hésitation, j'ai osé poser la question qui me brûlait les lèvres :

– Non, merci. Et Mirabella... C'est vraiment une sorcière ?

Une lueur a brillé dans les yeux de Narcisse.

– Tu verras le moment venu, petite, m'a-t-il dit avec un sourire malicieux.

Puis il a ouvert sa bouche édentée dans un grand bâillement, a fermé les paupières et s'est immédiatement mis à ronfler, affalé comme un loir dans son fauteuil vert pomme. Quand Narcisse dormait, rien ne pouvait le réveiller. Pas la peine

Chapitre 3

d'attendre, je n'en saurai pas plus. J'ai essayé de ne pas écraser de maquette de bateau en me levant et j'ai foncé dans la cuisine. Avant de partir, j'ai jeté le reste de mon verre dans l'évier. Il avait un goût bizarre. En tout cas, certainement pas celui de sirop à la menthe…

Dans la nuit de mardi à mercredi, je n'ai pas dormi. J'avais très peur de la réponse de Mirabella. Et si elle refusait de m'aider ? Le vieux Narcisse m'avait confirmé qu'elle adorait les pâtisseries. Alors j'ai cuisiné la seule chose que je savais faire : un gâteau au yaourt.

CHAPITRE 4

Le lendemain, à quatorze heures, je suis revenue dans les marais, au même endroit que la dernière fois. Mirabella pêchait au bord du canal.

– Bonjour madame. C'est moi, Zoé. Vous faites quoi de toutes ces grenouilles ?

Elle a répondu sans me regarder :

– Je les mange. Leurs cuisses en persillade sont succulentes. Tu en veux ?

J'ai essayé de ne pas paraître dégoûtée.

– Euh, non merci, je n'ai pas très faim. Et vous, vous voulez goûter mon gâteau au yaourt ?

Mirabella a brusquement tourné la tête vers moi. Elle a tendu la main. Je lui ai donné mon œuvre. Elle l'a dévoré en trois minutes en mâchant avec un bruit de lionne affamée un peu effrayant. Puis elle s'est levée :

— Suis-moi. On va chercher ton chat.

J'avais réussi ! Mirabella allait m'aider ! J'étais si heureuse que je lui ai aussitôt pardonné de ne pas m'avoir remerciée pour le gâteau. Je l'aurais bien embrassée mais je n'ai pas osé. De toute façon, elle était déjà partie.

Je l'ai suivie en pédalant. Elle marchait drôlement vite, comme si elle volait au-dessus du sol. Je ne voyais pas ses pieds sous sa longue robe noire informe. Juste ses cheveux qui traînaient dans la poussière.

On a pris des dizaines de chemins en terre. J'avais l'impression de tourner en rond. J'étais complètement perdue. Elle s'est enfin arrêtée devant une maisonnette blanche aux volets bleus recouverte d'un toit de chaume sur lequel poussaient de petites plantes grasses en forme d'artichaut. Tout penchait un peu : les murs, les fenêtres et même la porte. Cette porte s'est entrebâillée et un magnifique canard est apparu en caquetant. Tête verte, ventre roux, poitrine blanche et dos noir : quelle classe ! Il a

Chapitre 4

sauté sur Mirabella et s'est accroché dignement par le bec à ses cheveux. Elle a soupiré :

– Germain, dis bonjour à Zoé.

Le canard a lâché les cheveux en ouvrant son drôle de bec gris plat comme une spatule :

– Coin-coin.

J'ai répondu à tout hasard :

– Bonjour Germain.

Il s'est jeté à nouveau sur la chevelure de sa maîtresse et ils sont entrés tous les deux dans la maison penchée. J'ai entendu crier :

– Viens ! Et enlève tes chaussures.

Franchement, je n'ai jamais vu une maison aussi bien rangée, même chez Margot ! (Son père est un maniaque de l'ordre). Tout était hyperpropre et rien ne traînait. Pas une toile d'araignée et pas seul un vieux balai douteux. Même Germain portait des chaussons pour ne pas salir le plancher. Une vague odeur de détergent à la vanille flottait dans l'air. J'étais un peu déçue : j'avais toujours lu des histoires où les sorcières vivaient dans un bazar pas possible. Toutes mes illusions s'effondraient. Ou alors, c'était justement la preuve que Mirabella n'était pas une sorcière.

Les meubles étaient de style contemporain, en bois ou en roseau. Pas une rayure, pas la moindre tâche. Comme si elle venait de les déballer. D'ailleurs, son canapé impeccable avait l'air beaucoup moins confortable que les coussins défoncés du nôtre. Je me suis écriée :

— Ouah, vous l'avez achetée où, votre table basse ? Elle est vraiment stylée…

— Mon père l'a fabriquée, comme tout ici. C'était un artiste.

Je l'ai suivie dans sa cuisine américaine. Elle m'a montré un moule empli d'une chose noire.

— J'ai fait un gâteau aux noix. Trop cuit. Goûte.

C'était un ordre. Je n'avais pas le choix. Pendant qu'elle farfouillait dans des bocaux, je m'en suis coupé un minuscule morceau que j'ai avalé en évitant de mâcher. J'ai réussi à prononcer d'un air à peu près convaincu :

— Hum, délicieux.

Chapitre 4

— Non, très mauvais. Pourtant, j'ai suivi à la lettre la recette de mon père.

Au moins, elle n'était pas dupe. Je comprenais maintenant pourquoi elle se ruinait à la boulangerie : c'était une cuisinière pathétique.

— Ah ! la voilà !

Elle a brandi une sorte de chose tordue et marron pleine de poils qu'elle a extirpée d'un bocal et a prononcé cinq phrases d'affilée (un record) :

— Racine de Piraboise. Là où nous allons, nous en aurons besoin. Ton chat est peut-être là où je pense. Nous partons immédiatement. C'est un voyage de deux jours.

J'ai failli m'évanouir.

— Deux jours ! Mais je n'ai pas prévenu mes parents ! Où est-ce qu'on va dormir ? Je n'ai même pas mon pyjama et ma brosse à dents ! Et puis, j'ai contrôle de maths demain, je vais avoir zéro si je ne suis pas là !

Elle s'est retournée vers moi. Impossible de voir ses yeux à travers sa frange. Pourtant, j'ai senti son regard perçant.

– Tu veux vraiment revoir ton chat ?

J'ai hoché la tête sans un mot. Elle a rajouté :

– C'est maintenant ou jamais.

Je ne savais pas quoi faire. Mes parents allaient se faire un sang d'encre. Si au moins j'avais eu un portable, j'aurais pu les avertir ! J'ai regardé autour de moi : évidemment, pas la moindre trace de téléphone. Et puis, j'ai pensé à Margot. Elle savait où j'étais. Elle le leur dirait. Tant pis. Je voulais absolument retrouver Tex. J'ai inspiré très fort et j'ai dit :

– OK, Mirabella. Je suis prête.

Je l'ai suivie derrière la maison. Au fond d'un jardin où poussaient des tas de plantes bizarres, coulait un canal dont la surface était couverte de lentilles vertes. Et sur le canal, une longue barque plate. Elle a sauté dedans et Germain l'a suivie. Puis elle s'est tournée vers moi.

– Monte.

– On part avec ça ? Mais c'est très lent, ça va prendre des années pour parcourir les marais ! Vous avez un moteur, au moins ?

Chapitre 4

Elle ne m'a pas répondu. Germain m'a regardé d'un air navré. J'ai grimpé dans la barque et bien sûr, mes baskets blanches ont été immédiatement éclaboussées par la flaque boueuse qui stagnait sur le plancher. Je me suis assise sur le petit banc de bois face à Germain. Mirabella a détaché le bateau de la berge, a saisi une grande perche de bois immensément longue au bout crochu, qu'elle a enfoncée dans l'eau. Elle a poussé dessus et le bolide s'est élancé à une vitesse minimale.

CHAPITRE 5

Les deux premières heures de notre voyage ont été franchement ennuyeuses. Il ne se passait rien. La barque avançait lentement le long d'un canal très large et le paysage était mortellement monotone : champs, roseaux, nénuphars, vaches ou chevaux. Coassement de grenouilles de temps en temps. Vols d'oiseaux divers aux plumes blanches, marrons ou grises. Le soleil tapait fort sur mon crâne. J'avais soif. Germain beuglait un coin-coin retentissant dès qu'il apercevait une poule d'eau ou un autre canard, Mirabella dirigeait sa perche sans un mot et moi, à force d'être dans la même position, j'avais des courbatures dans le dos.

Peu à peu les arbres sont devenus plus nombreux. Plus grands et plus touffus. Puis Mirabella a manœuvré pour engager le bateau dans un canal obscur. La végétation formait une voûte si épaisse au-dessus de l'eau que le soleil a soudain disparu. J'ai frissonné : je n'avais aucune envie d'y aller. Trois mètres plus loin, nous sommes passés sous un pont en ruine. Un grand oiseau gris, au long cou blanc, farfouillait dans la vase. Au lieu de s'envoler lorsqu'il nous a vus (comme j'avais vu faire tous les piafs jusque-là), il a relevé la tête, a ouvert son bec jaune et a déclamé en secouant sa drôle de petite huppe noire :

– Bienvenue dans le monde de Soumazalans.

J'étais tellement abasourdie que je me suis écriée :

– Il a parlé ! Mirabella, vous avez entendu, l'oiseau a parlé !

Mirabella n'a pas répondu. Mais Germain s'est exclamé d'une voix nasillarde :

– Évidemment que ce héron cendré parle ! Et moi aussi d'ailleurs ! Tu nous prends pour des idiots ou quoi ?

Chapitre 5

J'ai regardé le canard avec des yeux de lapin aveuglé par des phares et le héron a enchaîné :

— Mot de passe, s'il vous plaît ?

Mirabella a enfin ouvert la bouche. Sa frange a frémi. Elle a prononcé un truc bizarre du style :

— Malabellebédérellepiradellebaslepelle.

Le héron a poussé un grand cri en soulevant ses ailes majestueuses. Mais il ne s'est pas envolé. Non. Il a écouté d'un air satisfait ses amis cachés dans les fourrés qui se sont tous mis à hurler de concert. Des grenouilles, des dizaines d'oiseaux et d'autres créatures dont je n'avais jamais entendu la voix. Une cacophonie terrifiante. Je suppose qu'ils nous souhaitaient la bienvenue. Franchement, ça glaçait le sang ! Je me suis mise en boule comme un hérisson. J'ai fermé les yeux et me suis bouché les oreilles. Germain m'a tapoté les cheveux de son bec. J'ai relevé la tête. Il a chuchoté avec un regard narquois :

— Alors, fillette, on a les chocottes ?

Décidément, je préférais quand ce canard arrogant parlait dans sa langue maternelle… J'ai ignoré sa remarque désagréable et j'ai regardé autour de moi. Le silence était revenu. Nous glissions sur une eau noire dans un étroit canal bordé d'arbres aux troncs énormes. Il faisait sombre, si sombre que je distinguais à peine la silhouette de Mirabella. Ses longs cheveux pendaient jusqu'à ses pieds, à l'arrière de la barque. De temps en temps, elle poussait sur sa grande perche de bois puis la soulevait avant de la replonger à nouveau dans l'eau. J'ai frissonné. Elle ressemblait vraiment à une sorcière. Quelque chose a effleuré ma nuque. J'ai poussé un couinement. Germain a ricané :

— C'était juste une branche, fillette. Quelle mauviette !

Je l'ai regardé droit dans ses yeux jaunes (enfin, j'ai essayé, ce n'est pas évident de regarder un canard droit dans les yeux).

— Arrête de m'appeler fillette ou je t'écrase les palmes.

Il a bombé le poitrail en s'écriant :

— Tu ne me fais pas peur. Essaye un peu et je te fais avaler de la purée de lombrics. Fillette.

Chapitre 5

– Taisez-vous. Le monstre ne doit pas nous entendre.

On s'est retournés tous les deux vers Mirabella. J'ai demandé d'une petite voix :

– Quel monstre ?

Mirabella a répondu d'un air impénétrable :

– Le ragondin géant. Il ne supporte pas le bruit. Et c'est un carnassier.

Quoi ? Un ragondin carnassier ? Pourquoi madame Vilazy ne nous en avait jamais parlé ? Ça nous aurait été bien plus utile que de nous rebattre les oreilles avec les déterminants et les pronoms ! Même Narcisse ne m'avait rien dit sur ce monstre sanguinaire ! Je savais que je n'aurais jamais dû remettre un orteil dans ces maudits marais… Germain n'a plus ouvert le bec. Moi non plus. Aucune envie de servir de pâté en croûte à cette sale bête. On a observé tous les deux la surface de l'eau d'un air inquiet. Je m'attendais à chaque instant à voir un giga museau gluant surgir en rugissant.

On a glissé sur le canal pendant un temps infini. Impossible de savoir l'heure qu'il était, j'avais oublié ma montre à la maison. En tout cas, c'était au moins le moment du goûter car mon estomac gargouillait. Je commençais vraiment à m'inquiéter. Où Mirabella m'emmenait-elle ? Comment faisait-elle pour repérer son chemin ? Je me suis lancée même si je savais qu'il fallait éviter de parler :

— Excusez-moi mais… C'est encore loin ? Vous êtes sûre que Tex est par là ?

Aucune réponse. Mirabella a continué, imperturbable, à diriger le bateau sans un mot.

Germain a farfouillé dans un petit sac et en a sorti un bout de pain dur qu'il a grignoté en m'ignorant. Je mourais d'envie de le lui arracher du bec. Mais pas question de demander quoi que ce soit à ce canard méprisant.

Tout à coup, Mirabella a stoppé la barque près d'un petit parapet de bois. Elle a sauté sur la berge, planté la perche dans la vase, attaché le bateau en enroulant la corde autour d'un tronc d'arbre et a grommelé :

— Suivez-moi.

Chapitre 5

Décidément, Narcisse avait raison : Mirabella n'était vraiment pas bavarde. Dommage. J'avais des tas de questions à lui poser. Pourquoi on s'arrêtait ici ? Où est-ce qu'on allait ? Quand est-ce qu'on mangerait ? Et surtout : quand est-ce que je pourrais enfin retrouver mon chat adoré ?

J'ai suivi Germain qui se dandinait derrière sa maîtresse. Ils avançaient rapidement et j'avais du mal à les suivre. J'ai trottiné de plus en plus vite, en essayant de ne pas trop regarder autour de moi. Pas question de me retrouver toute seule dans cet endroit lugubre ! Des lianes poisseuses pendaient des arbres et j'avais l'impression de poser les pieds sur une immense éponge boueuse. Un nuage de moucherons tournait sans arrêt autour de ma tête, comme si j'étais une vache. Mes baskets blanches étaient d'une couleur indéfinissable : une sorte de marron jaune kaki.

Au bout de vingt minutes, on a enfin débouché dans une petite clairière. C'était la première fois que je voyais le ciel depuis qu'on était entrés sur ce canal. J'avais raison, l'heure du goûter était passée depuis longtemps : la nuit était tombée. La lune nous observait, ronde comme une crêpe juste cuite. Une lumière brillait à travers la fenêtre d'une maison en rondins. Mirabella a traversé la clairière sans hésiter et a frappé trois coups. Une lampe extérieure s'est allumée sur le perron. On a entendu un grand bruit, suivi d'un juron, et la porte s'est ouverte.

CHAPITRE 6

Devant nous, se tenait un ours. Enfin non. À y regarder de plus près, c'était plutôt un géant. En fait, un homme incroyablement poilu. On voyait à peine son visage : ses cheveux longs jusqu'aux épaules et sa barbe de père Noël se confondaient avec les poils épais très noirs qui recouvraient ses joues et son nez. Ses bras et ses jambes velus dépassaient de son pyjama d'été recouvert d'un motif, hum, comment dire, assez original : des myriades de lapins roses. Seuls ses mains et ses pieds étaient imberbes. Au milieu de toute cette masse capillaire, deux yeux magnifiques d'un bleu très clair nous fixaient avec intensité. Une bouche (un gouffre) est soudain apparue et une voix tonitruante en est sortie :

— Mirabella ! Content voir toi !

Il a saisi Mirabella comme si elle n'était pas plus lourde qu'une fourmi, l'a soulevée en l'air et l'a regardée pendant très longtemps (au moins une minute) avec un sourire béat. Jusqu'à ce que la victime s'exprime d'un air fatigué :

— Repose-moi, Miramar.

Le géant l'a posée délicatement sur le sol. Elle s'est tournée vers Germain et moi qui n'avions pas bougé, médusés.

— Mon cousin Miramar. On dort ici cette nuit.

Pas de doute, il était bien de la même famille : son patrimoine capillaire était encore plus foisonnant que celui de sa cousine ! Heureusement que papa n'était pas là : il aurait été vert de jalousie ! (Il se plaint tous les jours de son crâne dégarni qui ressemble vraiment à une boule de bowling.) Le géant est rentré dans le chalet et nous l'avons suivi. Il s'est exclamé :

— Moi déjà en pyjama. Fait ménage pour vous.

L'intérieur (trois chaises, une table, un lit et une armoire) était très propre en effet, mis à part quelques légers détails : dans un coin de la pièce, un tas de

Chapitre 6

poils sur lequel trônait un peigne géant. Au mur, un manteau couvert de taches de vase pendait.

Miramar remplissait presque tout l'espace du chalet tant il était grand. Il nous a demandé :

— Vous mangez soupe avec moi ?

Germain a enfin retrouvé sa langue :

— C'est une soupe à quoi ?

— Délices des marais.

Germain semblait satisfait de la réponse. Moi, je me demandais à quoi pouvaient ressembler les délices de marais. Des beignets de vers de vase ? Des rillettes de crapaud ? Des frites aux algues putrides ? Je n'ai pas osé réclamer de précisions. J'ai juste dit :

— Où sont les toilettes s'il vous plaît ?

Mirabella a répondu :

— Dehors.

Son cousin a rajouté :

— Dans cabane droite maison.

En fait, je n'avais pas très envie de ressortir toute seule la nuit. Tant pis, j'attendrais le lendemain, quand il ferait jour.

Nous nous sommes attablés. Germain s'est assis sur les genoux de sa maîtresse. J'avais très faim mais j'étais incapable d'avaler ce liquide brun suspect qui remplissait mon assiette. En plus, ça sentait très mauvais : exactement comme l'évier de notre cuisine quand il est bouché.

Je les ai observés avaler leur soupe avec application. Mirabella et Miramar étaient vraiment cousins. Ils dévoraient leur repas de la même façon : en ouvrant une bouche immense dans laquelle ils versaient le contenu de leur cuillère d'un seul coup. Germain sirotait sa soupe avec une paille en roseau. Il m'a fait un clin d'œil malicieux avant de cancaner :

– Alors, tu ne manges pas, fillette ?

Le géant m'a observée d'un air soupçonneux.

– Toi pas aimer ma soupe ? Toi goûter au moins ?

Ses yeux bleu clair semblaient prêts à se remplir de larmes. Je ne voulais pas lui faire de peine.

– Si, bien sûr monsieur, je vais goûter tout de suite.

Il m'observait. Mirabella m'observait. Et bien sûr, ce satané canard aussi. J'ai inspiré profondément

Chapitre 6

et j'ai fourré la cuillère dans ma bouche. J'ai failli recracher. Mais j'ai réussi à me maîtriser. L'avantage avec la soupe, c'est qu'il n'y a rien à mâcher. La torture est moins longue.

C'était infect. Dégoûtant. Immonde : un goût de vase et de liquide vaisselle. Miramar m'a demandé :

– Bon ?

J'ai souri de toutes mes forces.

– Hum, délicieux.

J'ai senti le regard soupçonneux de Mirabella derrière sa frange. Elle a ouvert la bouche pour dire quelque chose puis s'est ravisée. J'avais presque terminé mon calvaire quand Germain s'est exclamé :

– Je peux en avoir d'autres, s'il vous plaît ?

Le géant l'a resservi avec enthousiasme et en a profité pour remplir à nouveau mon assiette. J'étais anéantie. Jamais un repas ne m'a semblé aussi long. C'était bien pire que les plats les plus abjects de la cantine comme le boudin aux champignons ou les épinards recouverts d'œufs crémeux. C'est grâce à Tex que j'ai réussi à tout avaler : la pensée de le revoir a été un anti vomitif hyperpuissant. En tout cas, Mirabella et son cousin étaient décidément de la même famille : ils cuisinaient tous les deux comme des pieds.

Quand le repas a été enfin terminé, le géant a léché consciencieusement nos quatre assiettes, les a essuyées avec un torchon à carreaux douteux, et les a rangées sous l'évier, près de la poubelle en déclarant d'un air satisfait :

– Lavage écologique !

J'ai réprimé un haut-le-cœur et lui ai souri bêtement. Puis il a ouvert l'armoire, en a sorti des draps qu'il a étalés sur le sol et recouverts d'une couverture :

– Lit vous. Bonne nuit.

J'étais tellement fatiguée que je me suis immédiatement effondrée. Bizarre, cette couverture. Elle était trouée par endroits et dégageait un parfum d'humus. Je l'ai regardée de plus près : un assemblage de feuilles collées les unes aux autres. Plus rien ne m'étonnait. Je me suis pelotonnée sous les draps en imaginant que Tex se lovait contre moi. Sa fourrure si douce, son odeur de vieille peluche... Demain, si tout

Chapitre 6

allait bien, je le retrouverais. Avant de m'endormir, j'ai jeté un coup d'œil vers le fond de la cabane. Mirabella et son cousin discutaient dans une langue étrange que je ne connaissais pas. Miramar parlait vite et avec facilité, très différemment de lorsqu'il s'exprimait en français. Germain, lui, lisait au coin du feu un livre dont le titre était assez nul : « Pas de pitié pour les ragondins ». J'ai sombré dans le sommeil en me disant que jamais Margot ne voudrait me croire quand je lui raconterais mon mercredi après-midi.

CHAPITRE 7

Quand je me suis réveillée, tout le monde dormait. Miramar était affalé sur son minuscule lit et ronflait comme un mammouth. Les murs du chalet en tremblaient. Les poils de ses joues se soulevaient à chacun de ses soupirs. Mirabella avait disparu, enroulée dans ses cheveux. Germain dormait assis près d'elle, le bec accroché à l'une de ses mèches.

J'avais envie de faire pipi. Vraiment très envie. J'ai essayé de me rendormir. Impossible. Je ne pensais qu'à ça : aller aux toilettes. Au bout d'une heure, je me suis résignée. J'ai traversé le chalet à pas de biche et j'ai ouvert la porte. Dehors, la lune éclairait la clairière. Les ombres des arbres ressemblaient à des géants menaçants, prêts à fondre sur moi. À vingt mètres environ sur la droite, la silhouette d'une petite cabane : les toilettes. Mon rêve ! J'ai couru à une vitesse stupéfiante et me suis enfermée dedans. Ouf. J'avais fait la moitié de ma mission. Évidemment, pas de lumière. Je me suis installée à tâtons. Quel soulagement ! Les plus belles minutes de mon voyage !

C'est en ressortant de la cabane, à deux mètres de celle-ci, que j'ai entendu un drôle de bruit. Un craquement. Puis un grognement. Je me suis retournée. Une masse sombre. Deux yeux rouges qui étincelaient. Une haleine de vase. Un monstre ! Une horrible créature des marais ! Et si c'était le ragondin géant ?

J'ai filé comme l'éclair mais vlan ! j'ai buté sur une racine. Blang : je me suis étalée sur le sol. Aïe ! Ma jambe ! J'ai senti une horrible douleur à ma cheville. Impossible de me relever ! Le monstre était là, tout prêt. Son souffle putride sur mes pieds, il allait me déchiqueter ! Tout à coup, une voix nasillarde a dit :

– Accroche-toi à mes pattes, fillette !

Je n'ai pas protesté quand Germain m'a appelé fillette. J'ai attrapé ses pattes palmées. Mon corps

Chapitre 7

s'est soulevé dans les airs. Le dos de la bête frôlait mes orteils, ses mâchoires claquaient, elle allait broyer mes mollets !

Germain a foncé vers la cabane. Bing ! Sa tête a heurté la porte, qui s'est ouverte (un miracle). Vite, la verrouiller ! La bête s'est écrasée contre le bois. Elle a poussé un cri de douleur. Puis elle est partie en grognant. J'ai baissé les yeux vers mon héros.

– Merci, Germain, tu m'as sauvé la vie.

Il s'est dandiné d'un air gêné.

– Hum, oui, bon, la prochaine fois, retiens-toi. Il ne faut JAMAIS aller aux toilettes la nuit dans les marais. OK ?

– OK. Eh euh, qu'est-ce que c'était ce truc ?

Il a pris un air dramatique.

– Un vampire des marécages, probablement. Il aurait sucé tout ton sang si je n'avais pas été là. Le courage, c'est dans notre nature, nous, les canards souchets.

– Les canards souquoi ?

– Souchet. L'espèce à laquelle j'appartiens. Ce qui explique mon magnifique plumage et mon élégant bec aplati. À ne pas confondre avec le canard colvert. Ou pilet. Ou siffleur.

J'ai dû le regarder d'un air abasourdi car il a rajouté d'un air consterné :

— Mais enfin, on vous apprend quoi à l'école exactement ?

— Les pronoms et les déterminants. Les maths, la géographie, l'hist…

Il m'a interrompu en concluant :

— Navrant. On pourrait au moins vous expliquer le b.a.-ba des marais. La faune, la flore, les habitudes alimentaires de chacun, etc. Bon, allez, dodo.

J'étais un peu vexée. Mais il n'avait pas tort. Madame Vilazy ne nous en avait jamais parlé alors que le village était construit juste en bordure des marais. À moins qu'elle ne nous en ait touché un mot et que je ne l'ai pas écoutée ce jour-là, ce qui était tout à fait possible aussi… On s'est recouchés chacun dans notre lit. Mirabella n'avait pas bougé d'un centimètre et Miramar ronflait encore plus fort qu'avant.

Chapitre 7

Quand j'ai ouvert les yeux pour la seconde fois, il faisait jour et tout le monde était déjà attablé devant une infâme bouillie dans laquelle baignaient de drôles de filaments. Berk ! Pour me donner du courage, j'ai pensé à Tex que j'allais bientôt retrouver. Je me suis bouché le nez et j'ai avalé trois cuillères de cette colle gluante au goût de yaourt périmé. Miramar me fixait. Comme s'il veillait à ce que je mange toute la mixture. Pour détourner son attention, je lui ai demandé :

— Vous ne vous ennuyez pas trop tout seul ici ?

Il a souri.

— Non. Moi, gardien des marais. Beaucoup de travail.

— Ah bon ? Et vous faites quoi exactement ?

— Soigner animaux. Dans l'eau : brochets, carpes, rainettes... Dans l'air : martins-pêcheurs, cygnes, hérons... Sur terre : loutres, chevreuils, petits ragondins... Vérifier température de l'eau. Tailler arbres et les abattre quand trop grands. Replanter fleurs. Marais fragiles. Équilibre important.

— Eh euh, vous connaissez le ragondin géant ?

Son visage s'est assombri.

– Quand de mauvaise humeur, ragondin très méchant. Moi, me battre une fois contre lui. Regarde.

Il a montré son bras droit. A soulevé les poils qui le recouvraient. Une cicatrice de vingt centimètres est apparue. Glaçant. Il a rajouté :

– Pas faire de bruit sur canal. Ragondin géant aime silence. Sinon mauvaise humeur. Très mauvaise humeur. Toi finis ton bol ? Mange. Toi trop maigre.

Zut ! Il me surveillait même lorsqu'il parlait ! J'ai avalé le reste de la mixture en faisant un effort considérable pour ne pas grimacer tandis qu'il souriait de satisfaction.

Au moment du départ, Miramar nous a pris chacun dans ses bras à tour de rôle en disant :

– Revenez bientôt, hein ? Visiterez mon élevage d'anguilles. Très bon avec persillade.

Il était attendrissant dans son pantalon vert kaki et son pull en laine sur lequel était dessiné un chevreuil. Et puis il a siffloté dans l'air matinal et un animal a surgi de derrière la cabane des toilettes. Une sorte de cochon assez gros avec des mini-défenses, au pelage

Chapitre 7

tout crotté. Il s'est frotté contre son maître dont le pantalon est devenu jaune caca.

Miramar s'est exclamé :

– Ramène invités bateau, Pirati.

Pirati s'est approché de moi, m'a regardé de ses petits yeux noirs et a poussé un grognement accompagné d'une haleine de vase que j'ai immédiatement reconnue. La bête de cette nuit, c'était lui ! Rien à voir avec un vampire ! J'ai tourné la tête vers Germain qui a évité mon regard, l'air soudain très préoccupé par ses palmes.

On est repartis chargés de boîtes de nourriture que Miramar nous avait données avec autorité. Pirati trottait devant nous, enthousiasmé par sa mission. De temps en temps, il sautait en l'air et claquait la mâchoire pour attraper un insecte invisible qu'il avalait bruyamment. Il s'est arrêté devant notre barque et, après un instant d'hésitation, s'est rué dedans. Puis il s'est assis sur son arrière-train et nous a regardés avec aplomb, visiblement très satisfait de lui.

CHAPITRE 8

Mirabella a fait une drôle de moue avec sa bouche. Elle a ordonné :

– Descends Pirati.

Pirati n'a pas bougé. Germain a pris un air scandalisé.

– Cet individu dégoûtant va salir mon banc ! Va-t'en immédiatement !

Je m'attendais à une riposte du cochon. Mais il n'a pas réagi. J'ai regardé Mirabella.

– Il ne parle pas comme les autres animaux ?

– Il est muet. Miramar l'a recueilli petit. Il était abandonné. Aidez-moi.

On a sauté tous les trois dans la barque. Mirabella a poussé Pirati vers la berge. Sans succès. J'ai tiré sur ses défenses. Inébranlable. Mais quand Germain lui a pincé le postérieur avec son bec aplati, le cochon s'est soudain énervé. Il a ouvert grand la gueule et a mordu le canard. Germain s'est roulé sur le sol de la barque en hurlant :

– Aïe ! Cet imbécile m'a gravement blessé ! Je vais avoir un bleu à la palme !

Mirabella a soupiré :

– Tant pis. Il vient avec nous.

Elle a détaché la corde du tronc de l'arbre et a saisi sa perche en bois. Nous sommes repartis tous les quatre dans le couloir sombre des marais touffus.

Sous les arbres, le soleil avait de nouveau disparu. Comme s'il faisait nuit. Germain se massait les palmes en regardant Pirati d'un air mauvais. Le cochon, béat, laissait pendre négligemment l'une de ses pattes dans l'eau.

Au bout d'une heure, j'en avais vraiment marre. Quand est-ce qu'on allait arriver au bout de ce voyage ? J'étais tellement impatiente de retrouver Tex ! J'ai demandé d'un air exaspéré :

– On arrive bientôt ?

Chapitre 8

Mirabella a répondu sèchement :
– Oui. Si tout va bien.

Dix minutes plus tard, j'ai failli poser à nouveau la même question, comme lorsque j'étais petite et qu'on se promenait avec mes parents. Ça faisait rire maman. Ce qui ne serait sûrement pas le cas de Mirabella. Mieux valait m'abstenir.

Germain, qui avait une petite faim (comme d'habitude), a ouvert l'une des boîtes de nourriture que nous avait donnée Miramar. Une marmelade répugnante dans laquelle flottaient quelques trucs qui ressemblaient vaguement à des doigts humains.

Pirati a tourné la tête vers lui avec un regard de convoitise. Il a bousculé le canard d'un coup de défenses et s'est jeté sur la boîte dont il a englouti le contenu en deux secondes. Germain a hurlé, les deux pattes en l'air :
– Cochon immonde ! Je te détesssssssssssssssssss ssssste !

Comblé, Pirati s'est léché les babines.

Soudain, la surface de l'eau s'est troublée. Des vaguelettes se sont formées. J'ai chuchoté d'une voix tremblante :

– C'est quoi, ça ?

Mirabella n'a pas eu le temps de répondre. Une énorme vague a surgi devant nous. Notre barque a fait un bond incroyable. Quand elle est retombée sur la surface de l'eau, quelque chose nous fixait d'un air franchement mauvais. Je l'ai tout de suite reconnu : le ragondin géant.

Sa tête avait la taille d'un fauteuil. Son corps, celui d'un canapé. Ses yeux noirs grands comme des assiettes luisaient dans la pénombre.

– Groaaaaaaaaa !

Une gueule immense. À l'intérieur : deux énormes incisives orange. Prêtes à nous concasser pour le petit déjeuner.

– AAAAHHHHHHHHHHH ! (Germain et moi).

Mirabella n'a pas perdu son sang-froid : schlack ! Elle a planté sa perche de bois dans la gueule du monstre en criant :

– Attaque, Germain !

Il a bafouillé :

– Hein ? Quoi ? Pourquoi moi ?

Chapitre 8

Mirabella a tourné la tête vers lui avec un sale rictus. Le canard a aussitôt compris le message. Il s'est envolé dans un bruissement de coin-coin rageurs et a foncé sur la bête.

Coups de becs frénétiques. Sur la tête. Sur les yeux. Crac! Le bâton de Mirabella s'est soudain brisé. Réduit en miettes. Une gigantesque patte aux ongles affûtés a attrapé le canard. Et l'a jeté dans le gouffre de la gueule puante. Au secours! Germain allait mourir!

Sans réfléchir, je me suis jetée sur les moustaches du géant. J'ai tiré de toutes mes forces en beuglant comme une guerrière. Une masse marron s'est abattue sur son museau. C'était Pirati qui poussait des grognements terribles, accroché comme une tique à la bête.

Tout à coup, un grand PAF! a retenti. Le ragondin a gémi. Un drôle de gargouillis est sorti de sa bouche à l'haleine franchement fétide. Une voix tonitruante a hurlé :

– Va-t'en!

Miramar, armé d'une hache, a surgi au sommet du crâne monumental. Il a sorti à toute vitesse une seringue d'une poche de son manteau boueux et a enfoncé l'aiguille au-dessus de l'oreille droite. Le ragondin a roulé des yeux paniqués avant de fermer doucement les paupières. Il a ouvert une gueule béante dans un grand bâillement et notre canard préféré est apparu au milieu des canines, ruisselant de bave. On a juste eu le temps, Germain, Pirati et moi, de sauter dans la barque. Plouf ! Le monstre anesthésié a disparu sous la surface du canal.

Miramar barbotait dans l'eau, sa longue chevelure parsemée de lentilles vertes flottant autour de lui. Il a froncé les sourcils et s'est exclamé d'un ton sévère :

– Pourquoi ragondin réveillé ? Qui a fait bruit ?

Germain a murmuré en baissant la tête :

– C'est moi, désolé.

Et il aussitôt rajouté en geignant :

– Mais c'est à cause de Pirati : il avait mangé mon goûter !

Chapitre 8

Mirabella, les cheveux dégoulinants, l'a fixé derrière sa frange.

– Tu n'as rien oublié, Germain ?

Le canard s'est dandiné d'un air gêné. Puis il a bafouillé en rougissant :

– Hum… Merci à tout le monde de m'avoir sauvé la vie. Même à toi, Pirati.

Le cochon a grogné de satisfaction avant de se précipiter dans les bras de son maître. Miramar a scruté les alentours. Une grenouille a bondi dans l'eau. Un héron a crié quelque part. Tout était redevenu calme.

– Ragondin reviendra pas. Trop fatigué par combat. Piqûre relaxante. Va dormir pendant deux jours. Repartez vite, nuit va tomber.

Il a appuyé ses deux mains sur le rebord arrière de notre embarcation. Et l'a poussée si fort qu'on a été projetés en avant à une vitesse intersidérale. J'ai regardé le cousin de Mirabella nous saluer, Pirati juché sur ses épaules, jusqu'à ce qu'il disparaisse au loin sous la voûte des arbres.

CHAPITRE 9

Tout s'est éclairci d'un seul coup. On est brusquement sortis des marais et on a atterri sur un lac immense nappé de brouillard. J'ai frissonné. Il faisait froid. On s'est regardés tous les trois. On était trempés. Germain a lissé ses plumes en maugréant :

— Je suis complètement décoiffé, couvert de la salive de ce monstre puant et j'ai très faim. Et en plus, toutes les boîtes de nourriture de Miramar sont tombées à l'eau pendant la bataille.

J'ai pensé très fort « quel dommage ! » mais je me suis abstenue. Ce n'était pas vraiment le moment de se disputer.

Mirabella, dépitée, a constaté :

— Sans pigouille, je ne peux rien faire.

Je l'ai regardée d'un air hébété.

– Sans Piquoi ?

Germain a soupiré.

– La perche avec laquelle Mirabella dirige la barque ! Ça s'appelle une pigouille, nounouille. Ou une ningle selon les régions. D'ailleurs les humains organisent même des concours de saut à la ningle dans les marais, incroyable non ? Bref, le ragondin l'a dévorée, tu n'avais pas remarqué, fillette ?

La colère est soudain montée dans ma gorge. Avec la fatigue et la peur, c'était un cocktail explosif. J'ai crié :

– Je m'appelle Zoé, et pas fillette ou nounouille, espèce de canard débile !

Mirabella a dit d'une voix épuisée :

– Aidez-moi à faire avancer la yole.

Cette fois, je n'ai pas posé de question. J'avais compris que la yole désignait le bateau. Germain m'a tiré la langue et a sauté dans l'eau sans un mot. Il a saisi dans son bec la corde à l'avant de la barque et l'a tirée en barbotant. J'ai plongé les bras en essayant d'imiter le mouvement d'une rame.

Chapitre 9

Lentement, on s'est approchés de la berge, le long d'un champ. Un champ de blé infini qui ondulait sous la brise. Un grand panneau blanc orné de lettres rouges était planté dans le sol.

Royaume de la Reine des Chats. Félins bienvenus. Oiseaux interdits.

Mon cœur s'est mis à battre très fort. Est-ce qu'on arrivait au bout de notre voyage ? Je me suis écriée :

– Le royaume des chats ? C'est quoi ? Tex est ici ?

Mirabella a acquiescé en silence et m'a fait signe de quitter le bateau. J'ai bondi sur le sol, pleine d'une joie impatiente. Je n'osais pas y croire. J'allais enfin retrouver mon chat !

Germain, lui, s'est étranglé d'indignation :

– C'est totalement injuste ! Qu'est-ce qu'elle a contre les oiseaux la reine des chats ? Ça ne va pas se passer comme ça ! Je vais en parler au syndicat des marais. Et quand on reviendra, j'organiserai une manifestation de protestation avec tous mes collègues : les canards, les hérons, les aigrettes, les busards, les hiboux, les cygnes, les poules d'eau, les bécass…

Mirabella l'a pris dans ses bras et lui a dit :
— Calme-toi. Et reste là pour garder la yole.
Germain a demandé d'un ton inquiet en suçotant une mèche de cheveux de sa maîtresse :
— Et chi le ragondin m'attaquait ?
Elle lui a caressé les plumes.
— Impossible. Il ne peut pas venir jusqu'ici. Le passage du marais au lac est trop étroit.
Germain a rajouté :
— Et tu es chûre qu'aucun monchtre ne va churgir de che lac ? Chai un mauvais préchentiment…
Elle l'a embrassé sur le plat du bec, a retiré sa mèche de cheveux couverte de salive et a reposé le canard sur le plancher. Germain nous a regardées partir en grommelant. Même s'il pouvait être très énervant parfois, il me faisait un peu de peine, tout seul dans la barque. Il a sorti son bouquin et a commencé à lire. Il avait l'air de mauvaise humeur mais un peu inquiet aussi.
Le cœur battant, j'ai suivi Mirabella dans le champ. Les blés se pliaient devant elle. Ses cheveux voletaient, comme de grands papillons d'été. Au

Chapitre 9

bout d'un moment qui m'a semblé interminable, un bâtiment rond est apparu. Très haut et très fin. Si haut que je n'en voyais pas le sommet, perdu dans la brume. Une tour ? Un phare ? Ou… une prison ? Une terrible angoisse m'a noué le ventre : et si Tex était enfermé contre son gré là-dedans ? Une chose était sûre : il ne pouvait pas s'en échapper tout seul. Comment j'allais faire pour l'aider ? On a marché longtemps avant d'atteindre le monument. Et plus on marchait, plus ma gorge se serrait d'appréhension. Lorsqu'on est enfin arrivées devant l'étroite porte en bois, un écriteau y était accroché : *Palais de la Reine des Chats.*

Mirabella a farfouillé dans sa robe et en a ressorti la fameuse racine de Piraquelquechose qu'elle avait sortie d'un bocal de sa cuisine avant notre départ. Elle en a cassé un petit morceau et me l'a tendu.

– Mange.

Je me suis révoltée :

– Hein ? Pas question d'avaler ce truc marron dégoûtant plein de poils ! Ça sert à quoi d'abord ?

Mirabella a soupiré :

– Mange si tu veux voir ton chat.

Impossible de refuser. Et bien sûr, Mirabella ne me donnait aucune explication. Comme d'habitude. Apparemment, elle n'avait jamais lu les livres de Dolto ou de Montessori (papa et maman en ont toute une étagère) qui expliquent aux parents qu'il faut prendre le temps de discuter avec les enfants et les laisser faire leurs propres choix. J'ai enfoui tout au fond de moi la peur d'être empoisonnée par cette horrible racine informe et j'ai décidé de continuer à faire confiance à Mirabella. C'était sûrement le seul moyen de retrouver Tex. J'ai tendu la main, pris le truc dans ma paume et l'ai fourré dans ma bouche. J'ai croqué le plus vite possible, avalé en me retenant de cracher. C'était encore plus immonde que la cuisine de Miramar : un goût de crotte de nez parfumée à l'œuf pourri ! J'ai fait une grimace de mort-vivant. Mirabella a dit, imperturbable :

– Vas-y maintenant.

– Et vous ? Vous ne venez pas avec moi ? Comment je vais faire pour retrouver Tex dans cette immense tour ? Je n'y suis jamais entrée ! Et d'abord,

Chapitre 9

c'est qui cette reine des chats ? Elle est méchante ? C'est elle qui a enlevé Tex ? Je ne vais pas...

– Tu dois y aller seule. Ne traîne pas. L'effet de la Piraboise n'est pas long.

Elle a rajouté :

– Parle avec ton cœur.

Parler avec mon cœur ? Qu'est-ce que ça voulait dire ? Et si cette reine des chats était aussi mauvaise que la belle-mère de Blanche-Neige ? On avait rencontré toutes sortes de créatures plutôt étranges jusqu'ici. Je n'étais pas franchement rassurée.

Si Tex était vraiment là-dedans, je n'avais pas le choix. Il était peut-être en danger. Je devais le sauver. J'ai poussé la lourde porte en tremblant. Le bâtiment ne semblait contenir qu'un escalier. Un immense escalier infini. Les jambes flageolantes, j'ai commencé à grimper les marches. Elles craquaient et sentaient bon la cire, comme chez ma grand-mère, ce qui, finalement, m'a un peu apaisée.

Trois cent vingt-sept marches plus tard (bizarrement, je n'étais pas essoufflée), je suis arrivée sur un palier. Face à moi, une unique ouverture masquée par un rideau épais. Mon estomac s'est noué à nouveau. Et si c'était un piège ? Si un monstre aussi féroce que le ragondin se cachait derrière ? Lentement, j'ai soulevé la lourde toile. Une pièce ronde semi-obscure est apparue. Remplie de petites silhouettes. Des chats. Des dizaines de chats. Gris, noirs, marrons, blancs, roux, tigrés, unis, gros, minces, efflanqués, balafrés, grands, plus petits, et même des chatons. Je n'en avais jamais vu une telle quantité !

CHAPITRE 10

Au milieu, sous une lampe à la lumière blafarde, assise sur un fauteuil rouge grenat, trônait une femme. Une femme au corps menu surmonté d'une tête énorme cernée de longs cheveux noirs sur lesquels étincelait une minuscule couronne dorée. Sous son grand front pâle, deux yeux violets globuleux me fixaient d'un air indéfinissable. Elle ne semblait pas surprise de me voir ici. Un chaton qui venait juste de naître dormait sur ses genoux. Sa robe de velours sombre s'étalait sur le sol. Elle n'avait pas l'air commode et ne m'inspirait vraiment pas confiance. J'ai respiré très fort avant de me lancer :

– Bonjour madame. J'ai perdu mon chat. Il s'appelle Tex. Il est roux, il…

Elle a parlé mais sa large bouche ne s'ouvrait pas.

– Il est avec moi, en effet. Il m'a rejoint il y a un mois. Que veux-tu ?

Sa voix résonnait dans ma tête. Drôle de sensation. J'ai murmuré :

– Le revoir. Et l'emmener avec moi.

Ses minces lèvres rouge sang se sont crispées.

– Impossible. Les chats qui vivent avec moi ne peuvent jamais repartir. Ils restent ici, pour toujours.

J'étais abasourdie par sa réponse. Hyper déçue. Anéantie. Je n'avais tout de même pas fait ce long voyage pour entendre ça ! Je n'ai pas pu m'empêcher de crier :

– Pour toujours ! Mais c'est injuste ! C'est mon chat, j'ai le droit de le voir !

Elle a froncé les sourcils. Ses yeux sont devenus violet foncé. Les félins se sont agités, ont commencé à miauler. Mauvais signe. J'ai pensé à Mirabella et à son histoire de cœur. Alors j'ai demandé d'un ton plus doux :

– Je ne peux pas le voir ? Juste un petit peu ? Il me manque tellement, madame. Je pense à lui tout le temps.

Chapitre 10

Elle m'a observé longuement. Puis a dit :
— Je t'accorde cinq minutes. Pas une de plus.

Elle a claqué des doigts. La foule de chats s'est écartée. Et soudain, Tex est apparu. Assis sur son arrière-train, la tête légèrement penchée vers la gauche, dans sa position favorite. Les reflets de son pelage orange luisaient sous l'unique lumière. Ses beaux yeux verts semblaient me sourire.

Tex ! Enfin ! Je me suis précipitée vers lui. L'ai pris dans mes bras, enfoui mon nez dans sa fourrure. Bizarre. Son odeur avait changé. Elle n'était plus tout à fait la même. C'était si bon de le retrouver. Une onde de chaleur a traversé mon corps. J'ai commencé à pleurer sans pouvoir m'arrêter. Des larmes de joie que Tex léchait avec application. Toutes les crispations du voyage ont disparu. Je me suis sentie bien, si bien que j'avais envie de m'allonger là, pour toujours, mon chat contre moi. Et puis, une voix fluette a dit :

— Aïe, ne me serre pas trop fort, tu me fais mal.

Je l'ai regardé avec stupéfaction.

— Quoi, tu parles, toi aussi ?

— Évidemment, Zoé. Tous les chats parlent. Je t'ai toujours parlé, tu ne savais pas m'écouter, c'est tout.

Des tas de questions se sont bousculés sur mes lèvres :

— Qu'est-ce que tu fais là ? Qu'est-ce qui t'est arrivé ? Je t'ai cherché partout !

Ses yeux verts se sont assombris.

— Je suis sorti de ta chambre, un soir, quand tu étais endormie. J'avais envie de courir, de sentir la brise sur mes moustaches, de respirer les odeurs de la nuit. J'ai galopé longtemps, je ne savais plus où j'étais. Et puis, il y a eu cette voiture. Je ne l'ai pas vue arriver. J'ai eu si mal au dos pendant le choc que je me suis évanoui. Quand je me suis réveillé, j'étais ici. Et je n'avais plus mal nulle part.

Je l'ai bercé contre moi doucement.

— C'est fini maintenant. Je suis là. Tu vas revenir avec moi. Tu m'as tellement manqué...

Tex a murmuré dans mon oreille en ronronnant :

— Toi aussi, tu me manques, Zoé. Mais je ne peux pas quitter cet endroit. C'est ainsi. Personne ne revient du royaume des chats.

Chapitre 10

Quelque chose s'est effondré dans mon cœur. J'ai arrêté de le bercer et j'ai crié :

— Je ne peux pas vivre sans toi, c'est impossible ! Et puis, c'est moche ici ! Vous êtes tous enfermés dans la même pièce et vous êtes trop nombreux !

— Chut ! Calme-toi ou la reine des chats va se fâcher ! Et crois-moi, ses colères sont terribles…

— Elle ne me fait pas peur, cette voleuse qui se prend pour une reine ! Elle a le temps de s'occuper de toi avec tous ces chats ? Elle te nourrit bien au moins ?

— Mais oui, ne t'inquiète pas. C'était difficile au début mais ça va mieux maintenant. Je me suis habitué.

Il a rajouté avec un sourire :

— J'ai des croquettes succulentes au thon, une litière parfumée à l'anis, un lit moelleux et je joue toute la journée avec mes nouveaux copains. Tu veux que je te les présente ?

Je l'ai regardé d'un air triste.

— Tu m'as oublié, c'est ça ? C'est mieux qu'avec moi ?

Il m'a léché la joue droite de sa langue râpeuse.

— Non, Zoé, personne ne peut te remplacer. C'est toi qui m'as tout appris. C'est avec toi que j'ai grandi. Je pense souvent à tous ces moments qu'on a partagés. Nos parties de cache-cache, nos câlins, nos jeux et les histoires que tu me racontais. Comment va mon doudou Lilo ? Et la cabane, tu vas toujours y lire ?

Je n'ai pas eu le temps de lui répondre. La voix de la reine des chats a retenti :

— Les cinq minutes sont écoulées. Tu dois t'en aller.

Déjà ? J'aurais voulu que ces cinq minutes durent toute ma vie ! J'ai respiré une dernière fois l'odeur de mon chat.

— Au revoir Tex. Je t'aime très fort.

— Moi aussi Zoé.

J'ai plongé mon regard dans ses grands yeux verts. Je ne voulais pas partir. Je voulais rester là avec lui. Ou l'emmener avec moi. La reine des chats a dit quelque chose mais je ne l'ai pas écoutée. Je la détestais. Tex a miaulé. Je ne comprenais plus

Chapitre 10

ce qu'il disait. J'avais du mal à respirer. La racine de Piratruc ! Elle ne faisait plus effet. Je me sentais fatiguée et triste, si triste. Soudain, Tex a sauté sur le sol et a disparu dans la masse sombre des chats. La reine m'a regardé d'un air terrible en dirigeant vers moi son long bras fin. Elle me pointait du doigt. J'ai senti une force étrange me pousser vers la sortie. J'ai reculé, encore et encore, jusqu'à l'épais rideau, jusqu'au bord du palier. J'ai dévalé l'escalier en pleurant. Trois cent vingt-sept marches plus tard, je suis enfin arrivée en bas, à bout de souffle. J'ai poussé la lourde porte, rouge comme une fraise. J'ai inspiré une grande goulée d'air. Ça sentait le blé et la pluie. Puis tout est devenu noir.

CHAPITRE 11

Une voix. Une sensation étrange sur ma tête. J'ai ouvert les paupières. Un rideau poivre et sel. Plus exactement un rideau poivre et sel de cheveux. Mirabella. Penchée sur moi, elle chuchotait dans une langue bizarre. Comme si elle récitait des formules magiques. Ses mains entouraient mes tempes. Une sensation de fraîcheur. Je me sentais bien, j'avais l'impression d'être allongée sur un matelas de nuages incroyablement moelleux. Elle a soufflé :

– Tu as trop tardé là-haut. Lève-toi.

Je n'en avais pas du tout envie. Je voulais rester comme ça, allongée sur mon matelas de nuages.

– Lève-toi tout de suite, Zoé. Sinon, tu ne pourras plus te tenir debout.

J'ai fait un effort surhumain et je me suis assise sur la terre craquelée dure comme la pierre. J'ai regardé la frange de Mirabella.

– Je ne verrai plus jamais Tex.

Ses lèvres ont murmuré :

– Je sais.

Je me suis penchée légèrement vers elle.

– Pourquoi m'avez-vous aidée ?

Elle s'est raclé la gorge :

– J'aurais aimé que quelqu'un le fasse pour moi quand j'avais ton âge.

– Vous aviez perdu votre chat, vous aussi ?

La peau de son visage a légèrement rougi.

– Palito. Le seul que je n'ai jamais eu.

– Votre père ne vous a pas emmenée au Royaume des Chats pour le retrouver ?

– Il ne connaissait pas son existence. Seules certaines personnes connaissent le chemin du monde de Soumazalans. Des personnes spéciales.

J'ai pensé à ce que le vieux Narcisse m'avait raconté sur sa vie.

– Comme vous. Ou… votre mère ?

Chapitre 11

Elle a acquiescé.

– Oui, comme ma mère.

J'ai hésité un instant avant de poser la question suivante. Et puis je me suis lancée :

– C'est vrai que… c'était une sirène ?

– Peut-être. Ou pas. Je ne l'ai jamais vue. Mais je sens sa présence, parfois.

Elle a tourné la tête. J'ai compris que je n'en saurai pas plus.

Après un silence, elle a rajouté :

– Partons. Ne répète à personne ce que tu as vu. Promis ?

J'ai répondu dans un souffle :

– Promis.

Elle a pris ma main et m'a aidé à me lever. Sa paume était petite mais puissante. Elle m'a tiré à travers le champ de blé. Je me sentais très faible. Elle m'a lâchée sans me prévenir, a plongé dans les épis. Et en est ressortie quelques secondes plus tard avec une longue branche un peu tordue. Une pigouille de fortune !

Germain nous attendait sur la berge. Il tournait en rond comme un canard enragé. Quand on est arrivées près de lui, il a battu des ailes furieusement et s'est exclamé d'une voix excédée :

— Vous en avez mis du temps ! Je commençais à m'ennuyer, j'ai fini mon livre et je…

Il s'est arrêté net quand il m'a vu. Je devais probablement ressembler à un zombie parce qu'il m'a dévisagé d'un drôle d'air et a fermé son bec. Avant de monter dans la yole, je me suis retournée vers le champ de blé, le cœur serré. Je savais que Tex était là quelque part et qu'il me regardait à travers la fenêtre du grand bâtiment rond. Mais, très vite, le brouillard s'est épaissi et le champ a disparu. Nous étions à nouveau seuls sur une étendue d'eau infinie.

Le vent a commencé à souffler. Doucement. Puis de plus en plus fort. Il s'est engouffré dans les cheveux de Mirabella qui s'agitaient autour d'elle comme des spaghettis énervés. La surface de l'eau était couverte de vaguelettes. La barque tanguait tellement que j'avais mal au cœur.

Chapitre 11

Mirabella poussait sur sa pigouille improvisée. J'ai dû mettre mon chagrin de côté pour l'aider. Germain et moi ramions contre le vent. Mais celui-ci est devenu si puissant que la yole a commencé à reculer. Et nous avions beau ramer, impossible d'avancer ! Mirabella a hurlé dans les rafales :

– Plus fort ! Ou nous allons nous perdre dans le royaume des Fermisudes !

J'ai jeté un coup d'œil derrière moi. Le royaume des Fermisudes ? Jamais entendu parler. En tout cas, ça n'avait vraiment pas l'air accueillant. Le ciel là-bas était sombre et parsemé d'éclairs. J'ai frissonné. Cinq minutes plus tard, Mirabella a posé sa pigouille sur le plancher, a traversé le bateau et s'est postée à l'avant. Figée dans une drôle d'attitude. Debout, tête baissée vers le lac, les paumes vers le ciel, elle était parfaitement immobile, insensible à la colère du vent. J'ai crié :

– Ne restez pas là, Mirabella, vous allez tomber !

Elle n'a pas bougé. J'ai d'abord entendu un murmure. Puis un son étrange et envoûtant.

Mirabella chantait dans la même langue bizarre que tout à l'heure.

Et soudain, un grand choc. La barque a fait un bond, comme si elle cognait une énorme masse. J'ai basculé en avant, me suis étalée sur le plancher. Germain a poussé un couinement. Quand j'ai relevé la tête, la yole ne reculait plus. Elle filait dans le bon sens, tirée par quelque chose. Une chose qui ondulait sous l'eau et dont un filament jaune pâle surgissait de la surface. Ce filament était accroché aux cheveux poivre et sel de Mirabella. Entremêlé plus exactement. Comme une tresse à trois couleurs. Hallucinant. C'était quoi cette nouvelle créature ?

Des écailles d'un vert phosphorescent scintillaient sous les éclairs. Un poisson géant ? Une espèce inconnue de baleine ? Germain, le bec ouvert, scrutait les vaguelettes, terrorisé. Bientôt, des arbres au loin. Qui se rapprochaient de plus en plus vite. Ouf ! L'entrée des marais !

Juste avant d'arriver à destination, le vent est tombé, d'un seul coup. Les cheveux de Mirabella et le filament de la bête se sont soudain séparés. Le fil

Chapitre 11

jaune pâle a sombré dans l'eau. La chose a tournoyé trois fois sous la surface autour de la barque en émettant un son rauque. Et puis elle a disparu.

Mirabella est restée longtemps immobile. Je voyais sa silhouette de dos, ses longs cheveux humides ruisselaient sur sa robe noire informe. Dans la masse poivre et sel, j'ai aperçu un éclat plus clair. Un bout de filament jaune de l'animal.

Qui était cette créature ? Comment nous avait-elle trouvés ? Pourquoi nous avait-elle aidés ? Je savais que Mirabella ne répondrait pas à mes questions. Elle s'est enfin retournée vers nous et a parlé d'une voix que je ne lui avais jamais entendue. Une voix qui semblait chargée de larmes et de joie :

– Allons-y. Le marais nous attend.

CHAPITRE 12

Le retour a été beaucoup plus rapide que l'aller. On a pris une sorte de raccourci : un canal plus court que le premier et si étroit que notre barque frôlait les arbres. Des aulnes, des frênes têtards, des saules et des peupliers, m'a appris Germain qui en a profité pour se lamenter encore une fois sur mes lacunes scolaires. Je l'ai laissé déblatérer sans vraiment l'écouter. J'avais la tête ailleurs. Avec mon chat adoré. Heureusement, cette fois-ci, aucun monstre sanguinaire n'a croisé notre route. Quand on est passés tout près de la maison de Miramar sans accoster, le canard a hurlé :

– On ne s'arrête pas ? Mais pourquoi ?

Mirabella a répondu sans cesser de pousser sur sa pigouille :

– Pas le temps. Il faut rentrer avant la nuit. Parle moins fort, le ragondin géant doit rôder.

Germain s'est agité sur son banc en maugréant à voix basse :

– C'est injuste, on aurait quand même pu faire une petite pause d'une heure. Je meurs de faim, moi ! Quand je pense à cette délicieuse soupe aux algues pourries de Miramar…

Moi, je n'avais aucun appétit. Je pensais à Tex, à ses beaux yeux verts. J'étais heureuse de l'avoir serré dans mes bras mais si triste de savoir que je ne le reverrai jamais.

Deux heures plus tard, lorsqu'on a quitté les marais obscurs, le héron gardien, toujours occupé à farfouiller dans la vase, ne nous a demandé aucun mot de passe. Il nous a superbement ignorés, ce malpoli. Après le pont en ruines, les arbres sont devenus de moins en moins touffus.

Le soleil de fin d'après-midi est brusquement apparu. Il colorait d'une lumière orangée les champs infinis des marais. Ceux, vastes et ouverts, qui étaient si proches de chez moi. C'était magnifique.

Chapitre 12

Quand Mirabella a garé la yole derrière chez elle, j'ai sauté sur la berge. Je me sentais fatiguée comme si je revenais d'un long voyage ou d'une longue maladie. Après un instant d'hésitation, je me suis approchée d'elle. Et j'ai osé l'embrasser sur la joue gauche. Sa peau avait un goût sucré.

– Merci Mirabella.

Elle n'a rien dit mais elle a souri. Un sourire incroyable qui a réchauffé mon cœur malheureux.

Je me suis penchée vers Germain.

– Merci aussi à toi, cher canard souchet. Tu m'as sauvée de plusieurs horribles créatures et tu m'as appris des tas de choses sur ce bel endroit...

Le canard s'est dandiné en rengorgeant son beau poitrail blanc.

– Pas de quoi, fillette, c'était un chouette voyage.

Il a saisi un instant une mèche de mes cheveux dans son bec aplati. Puis il l'a relâchée en rajoutant d'une petite voix :

– Désolé pour ton chat.

Avant de quitter la maison penchée au toit de chaume, j'ai osé demander à Mirabella :

– C'était votre mère, la créature qui nous a sauvés ? Vous allez la revoir ?

Elle a murmuré :

– Ma mère est là, au fond de mon cœur, pour toujours. Tout comme Tex le sera aussi pour toi.

J'ai acquiescé d'un sourire triste puis j'ai enfourché mon vélo et pédalé très vite. Bizarrement, je ne me suis pas perdue dans le labyrinthe des chemins de terre. Très vite, les premières maisons sont apparues et la terre s'est transformée en goudron. J'ai filé dans les rues désertes jusque chez moi. Papa et maman devaient être morts d'inquiétude. J'espérais que Margot les avait rassurés. Et que je n'allais pas trouver une ribambelle de gendarmes dans mon jardin. Quand je suis arrivée, tout était calme.

J'ai ouvert la porte en criant :

– C'est moi, tout va bien !

Papa préparait un gâteau au chocolat dans la cuisine. J'ai eu soudain très faim. Il m'a demandé en allumant le four :

– C'était bien ton cours de dessin ?

Je l'ai regardé d'un air ahuri.

Chapitre 12

– Mon cours de dessin ? Quel jour on est ?
– Mercredi, Zoé, enfin, tu le sais bien !

Mercredi ? Mais alors… les deux jours de voyage n'avaient en fait duré qu'un après-midi ! Plus rien ne m'étonnait avec Mirabella… En tout cas, je savais que je n'avais pas rêvé. La preuve : ma mèche de cheveux poisseuse couverte de la salive de Germain. Ce qui m'embêtait, par contre, c'est que le lendemain, j'avais contrôle de maths alors que je n'avais encore rien révisé. Madame Vilazy allait me tuer !

Maman était dans le garage, à essayer de ranger, comme d'habitude, un bazar désespérément éternel. Je lui ai dit en désignant les affaires de Tex :

– Tu peux tout donner à la voisine si tu veux maman. Je crois qu'il ne reviendra pas.

Maman m'a serrée contre elle. C'était bon d'être entourée de ses bras moelleux. J'ai pensé à Mirabella qui n'avait jamais connu sa mère.

Cette nuit-là, je me suis endormie avec Lilo, la peluche de Tex. Je n'ai pas pleuré. Je savais que tout allait bien pour lui. Qu'il pensait à moi comme je pensais à lui.

Bien sûr, Margot m'a sauté dessus le lendemain à l'école. Je ne lui ai rien dit. J'avais promis à Mirabella. Ma copine m'a regardé avec ses yeux de koala suppliant. Mais j'ai tenu bon. Elle m'a fait la tête toute la journée. Et puis elle est venue me chercher pour le goûter à la fin de l'école. En allant à la boulangerie, elle a dit en me prenant la main :

– Même les amies ont des secrets, pas vrai ? Dis-moi juste : Mirabella, c'est vraiment une sorcière ?

J'ai souri sans un mot. On s'est acheté un pain au chocolat et un donut à la framboise. Tout le monde était là, à la boulangerie. Les vieilles jumelles qui se disputaient, le gros monsieur avec son caniche, les deux personnes âgées attablées sans un mot devant leur thé. Rien ne semblait avoir changé et pourtant, je me sentais différente.

*

Le mercredi suivant, je suis retournée voir Mirabella. Mais je n'étais pas seule cette fois-ci. Margot et Narcisse m'accompagnaient. J'avais préparé

Chapitre 12

un énorme gâteau à la pomme avec ma copine. Et le vieux Narcisse avait amené une bouteille poussiéreuse qu'il avait extraite de sa cave en s'exclamant : cuvée spéciale pour les grands événements ! (Personnellement, je n'avais aucune envie de goûter le liquide d'une couleur indéfinissable qui flottait à l'intérieur...)

Je ne me suis pas perdue dans le dédale des chemins de terre, ce qui a franchement épaté Margot. Elle était très excitée à l'idée de rencontrer la soi-disant sorcière des marais et s'extasiait devant chaque fleur ou grenouille qu'on croisait. Je crois bien que tous les hérons du coin se sont envolés à chacun de ses cris. Narcisse marchait lentement et, imperturbable, nous racontait la légende d'une femme mi-grue, mi-oiseau. Quand on est arrivés devant la maison toute penchée, Germain s'est précipité vers moi en cancanant :

– Coin-coin !

Moi, je savais que ça voulait dire :

– Ah, te voilà enfin, fillette ! J'ai cru que tu nous avais oubliés !

Mirabella a ouvert la porte. Derrière sa frange, elle a semblé nous regarder tous les trois, longuement.

Et puis, elle a souri. C'était la deuxième fois que je la voyais sourire. Et il s'est passé un truc incroyable. Une brise légère s'est levée, elle a soulevé délicatement la frange de Mirabella. L'espace d'un instant, j'ai vu ses yeux. Ils étaient d'un bleu très clair, comme ceux de Miramar, son cousin. Et ils souriaient, comme ses lèvres. Puis la brise est retombée et ils ont à nouveau disparu derrière sa frange. Elle a ouvert la bouche et a dit avec son éloquence habituelle :

– Entrez.

Merci à Eric et Sacha, mes premiers lecteurs.
Merci à Mélanie et à l'équipe des éditions Didier Jeunesse pour leur accompagnement.

K. G.

Découvrez les autres titres de la collection
« Mon Marque-Page + »

Le Cœur en braille (version abrégée)
Pascal Ruter

Une histoire aussi savoureuse qu'un loukoum.
Une nouvelle version du grand classique de Pascal Ruter pour les plus jeunes lecteurs.

La mère de Marie a fait un aller-retour jusqu'à la cuisine.
– Vous faites de la musique, vous aussi, peut-être ? m'a demandé son père.
– Pas du tout, monsieur. J'ai jamais fait la différence entre une symphonie et un accident de voiture.
Marie est intervenue :
– Victor dit ça, mais en fait [...] c'est un très bon mélomane qui sait parfaitement écouter et qui juge avec beaucoup de sensibilité.
J'ai rougi à mort. Au moins j'avais appris un mot. Jusque-là je croyais qu'un mélomane, c'était un grain de beauté. Rien que pour ça je n'avais pas perdu ma journée.
– Vous savez que notre fille, à la fin de l'année, va passer un concours pour entrer dans une école de musique très réputée ?
Marie a souri à son père et a planté ensuite ses yeux dans les miens, c'était comme une alliance dans le secret que nous partagions.

La Tente d'en face
Pascal Ruter

Le camping le plus rock'n'roll de France est à Arcachon : entre pirates, tente tordue et défis barrés, embarquez avec Titus et Bérénice !

La fille de la tente d'en face était en train de laver trois bols.
Elle m'a souri, et moi j'ai souri aussi, et on est restés à sourire comme ça comme deux idiots.
Je ne sais pas pourquoi, j'ai plié mon bras pour montrer mes muscles des bras, là où ça fait une boule.
Elle a eu l'air impressionnée.
Ainsi encouragé, je lui ai demandé :
– Tu t'appelles comment ?
– Bérénice. Et toi ?
– Titus.
Elle m'a expliqué qu'elle venait ici, au camping, tous les ans.
– Toujours au même emplacement. Mon père n'aime pas l'imprévu. Il préfère quand tout est organisé.
Je n'ai pas osé avouer que je n'avais jamais vu la mer, sauf à la télé et au cinéma. Au lieu de ça, j'ai dit que je n'étais jamais venu dans cette région à cause du métier de mon père qui est acteur américain et j'ai ajouté :
– D'habitude, on va à Miami Beach.
– C'est marrant, a-t-elle dit, tu ne devineras jamais qui j'ai rencontré sur l'autoroute. Johnny.
– Johnny Depp ?
– Oui.
Ses yeux se sont ouverts en grand, elle a laissé tomber sa bassine et ses bols.
– Me dis pas que...
J'ai fait oui de la tête très lentement en fermant les yeux.
– C'est mon père. Je m'appelle Titus Depp.

Lola on Ice
Pascal Ruter

Les aventures d'une jeune patineuse et sa meilleure amie sur la glace !

Lola et sa meilleure amie, Sasha, n'en reviennent pas ! Elles viennent d'être repérées par l'Ice Academy, une prestigieuse école de patinage artistique. Elles vont enfin pouvoir réaliser leurs plus grands rêves sur la glace ! Mais les parents de Lola l'ont prévenue : tout cela n'est possible qu'à condition de réussir sa 6ème. Comment tenir le rythme ? Voilà un challenge de taille pour Lola...

Premier Challenge
Tome 1

Vers de nouveaux défis
Tome 2

À la conquête de New York
Tome 3

Ali Blabla
Emmanuel Trédez

Au pays de Shéhérazade et d'Aladin, une aventure désopilante aux mille et une péripéties !

[...] *Farid lui annonça qu'il avait repéré une échoppe à proximité du Grand Bazar. Dès qu'Ali eut terminé son travail, ils y retournèrent ensemble.*
– Ça alors, une échoppe troglodyte !
– Trop quoi ? demanda Farid. Trop humide peut-être ?
– Mais non, troglodyte : elle est creusée dans un rocher !
Humide ou pas, Ali tomba tout de suite sous le charme.
– J'y serai très bien. Je l'appellerai « La Caverne ». Ou plutôt « La Caverne d'Ali Baba » !
Cependant, Farid lui fit remarquer que dans le quartier, tout le monde l'appelait désormais Ali Blabla, à cause de son bagou.
– Blabla ? Je parle tant que ça, Farid ?
– Ce n'est pas moi qui le dis !
Ali baptisa donc l'échoppe La Caverne d'Ali Blabla.

Megumi et le fantôme
Eric Senabre

Une belle histoire d'amitié entre un fantôme et une petite fille intrépide déterminée à enquêter sur son passé.

Hamish allait tourner les talons quand Megumi s'écria :
– Attends ! Est-ce que tu connais la maison qui se trouve au 66 Canavan Street ?
On aurait cru que tout à coup, le petit garçon avait vu le diable en personne.
– Pourquoi tu veux savoir ça ? fit-il en tremblant à moitié.
– Ma mère dit que c'est la maison de nos ancêtres.
– De vos ancêtres ? Mais...
– Ma mère a un ancêtre irlandais. Je viens de l'apprendre !
– C'est fou ! Qui aurait pu deviner ? Tu as l'air tellement euh... japonaise.
Megumi, amusée, insista :
– Alors, cette maison ?
Hamish fourra les mains dans ses poches et déclara avec une grande nervosité :
– Je peux te dire où elle est. Mais je te préviens...
Il regarda autour de lui, baissa la voix, avant d'ajouter :
– Elle est hantée.

Le Secret des O'Reilly

Nathalie Somers

Chaque été, Kathleen retrouve ses cousines irlandaises. Mais entre le concours musical du village, les chamailleries avec les frères Clancy et le réveil d'un secret enfoui, cette année, ses vacances ne seront pas de tout repos...

L'avion vire de bord, et la mer remplace les falaises dans le hublot. Un peu soucieuse quand même, je marmonne :
– J'espère qu'elles vont le décrocher cette année...
– Décrocher quoi ? demande Patrick sans lâcher le hublot.
– Mais le trophée Gorumna, bien sûr ! Quoi d'autre ?
– Oh, ça ! fait Patrick du ton de celui qui s'en fiche bien.
– Mais c'est hyper important ! Il en va de l'honneur de la famille, là !
– Oui, oui... Hé ! regarde ! On voit l'aéroport !
Je laisse tomber. Lui, en Irlande, ce qui l'intéresse, c'est surtout les gâteaux de Granny. Il est trop petit pour comprendre la valeur d'un concours comme celui-là.
Mais moi, j'estime qu'après toutes ces années, c'est au tour de notre famille d'inscrire son nom dans la légende. Oui, vraiment, il est plus que temps que les O'Reilly prennent leur revanche !

Mon Cœur emmêlé

Nathalie Somers

Angèle doit choisir son camp : crampons ou ballerines ? La décision s'annonce difficile !

*Sa maman ne rêve que de ballet classique, de tutu et de chaussons de danse.
Son papa dit que le rugby, ce n'est pas pour les filles.
Et Angèle, dans tout ça ?
Impossible d'avouer à ses parents qu'elle meurt d'envie de rejoindre ses frères sur le terrain !
Jusqu'au jour où la prof de danse tombe malade...*

Des bleus au cartable
Muriel Zürcher

La rentrée en sixième n'est pas toujours facile. Dès le premier jour, Ralph fait de Lana son bouc émissaire et tous les moyens sont bons pour la tourmenter. Zélie, elle, préfère regarder ailleurs ; pas question d'être une balance, surtout quand on veut être aimée et populaire dans sa classe. Lana va-t-elle se laisser faire ? Et pourquoi Ralph agit-il ainsi ? Tour à tour, Lana, Ralph et Zélie racontent l'histoire.

Une surveillante vient vers moi et pose sa main sur mon bras.
– Ça va ? Tu ne t'es pas fait mal ?
– Non, c'est bon.
– Quelqu'un t'a poussé ?
– Non, non.
Elle a l'air gentille, la surveillante. Mais je suis obligée de lui mentir. Qu'est-ce qu'elle croit ? Que je vais faire la rapporteuse ? Si je commence à me plaindre, je sais ce qui va se passer. Tous les autres vont me prendre pour une minable incapable de me défendre. Et puis, Mme Gagie va appeler ma mère. Je ne veux pas que ma mère pense que j'ai des problèmes. Elle en a déjà bien assez comme ça.

© Didier Jeunesse, Paris, 2021
60-62, rue Saint-André-des-Arts
75006 Paris
www.didier-jeunesse.com
Illustrations : Grégory Elbaz
Graphisme de couverture : Jeanne Mutrel
www.letmebebold-design.com
Composition, mise en pages et photogravure : IGS-CP (16)
ISBN : 978-2-278-09844-6 • Dépôt légal : 9844/01
N° d'impression : 2100827
Loi n° 49-956 du 16 juillet 1949 sur les publications destinées à la jeunesse

Achevé d'imprimer en France, à Alençon, en mars 2021 chez Normandie Roto Impression s.a.s., imprimeur labellisé Imprim'Vert, sur papier composé de fibres naturelles renouvelables, recyclables, fabriquées à partir de bois issus de forêts gérées durablement.